VENTE

du Samedi 28 Mai 1892, à 2 heures

HOTEL DROUOT, SALLE N° 5

INTÉRESSANTE COLLECTION

Tableaux, Aquarelles

DESSINS

Anciens et Modernes

Appartenant en partie à Mme G. V.

EXPOSITION PUBLIQUE

Le Vendredi 27 Mai 1892, de 1 h. 1|2 à 5 h. 1|2

Me G. DUCHESNE
COMMISSAIRE-PRISEUR
Rue de Hanovre, n° 6

M. S. MAYER
EXPERT
Rue Laffitte, n° 5

PARIS — 1892

CATALOGUE

D'UNE

INTÉRESSANTE COLLECTION

D'AQUARELLES & DESSINS

PAR

Ballue, Bellangé, Berthon, Bida, Bonington, Camino,
Charlet, Chéret, Ciceri, J. Coignet,
Crapelet, Crépin, Daubigny, de Dreux, Devéria, Jules Dupré
Feuchères, Garneray, Gérard,
A. Giroux, Isabey, Jacquand, F. Jacque, Jaime,
Jongkind, Lanoue, Lantara, H. Lebas,
Lepic, E. Le Poitevin, Marilhat, H. Monnier, Palizzi
Pigal, Pinelli,
Robecchi, Hubert Robert, Saint-Aubin, Theolon,
Wolmar, etc.

TABLEAUX ANCIENS & MODERNES

PAR

Beaury-Saurel, Bonington, Decamps,
V. Gilbert, Lajoue, Lefèvre, Leleux, Mols, Henri Regnault,
D. Rozier, Horace Vernet, etc.

GRAVURES, LITHOGRAPHIES

Appartenant en grande partie à Mme G. V.

VENTE HOTEL DROUOT, SALLE N° 5

LE SAMEDI 28 MAI 1892, A 2 HEURES

Me G. DUCHESNE	M. S. MAYER
COMMISSAIRE-PRISEUR	EXPERT
Rue de Hanovre, n° 6	Rue Laffitte, n° 5

Chez lesquels se distribue le Catalogue

EXPOSITION PUBLIQUE, le vendredi 27 mai 1892, de 1 h. 1/2 à 5 h. 1/2

CONDITIONS DE LA VENTE

Elle sera faite au comptant.

Les Acquéreurs paieront, en sus des adjudications, CINQ CEN-
TIMES PAR FRANC applicables aux frais.

Aucune réclamation ne sera admise une fois l'adjudication
prononcée.

Paris Impr. Ed. Duruy, 22, rue Dussoubs.

TABLEAUX

1 — BEAURY-SAUREL. — Tête d'homme coiffé d'un chapeau noir. — T. H. 0ᵐ 53 ; L. 0ᵐ 45.

2 — BONINGTON. — Diligence sur une plage.

3 — COIGNET (Jules). — Paysage avec figures et animaux.

4 — DECAMPS. — « La Halte ». Des Arabes sont arrêtés avec leurs chameaux auprès d'une fontaine ; au fond, des cavaliers lancés au galop. — B. H. 0ᵐ 27 ; L. 0ᵐ 50.

5 — DIETRICH. — Paysage accidenté avec figures.

6 — VAN DYCK (D'après). — Portrait de dame.

7 — FINART (D.). — Général suivi de son état-major ; scène Louis XIV.

8 — FROMENTIN (Ecole de). — Égyptien sur un cheval blanc.

9 — GILBERT (V.). — « Après le Bal ». Une jeune fille presque nue regarde à travers son loup. — T. H. 0ᵐ 99 ; L. 0ᵐ 54.

10 — LAJOUE et LANCRET (Genre de). — Réunion de jeunes femmes et de jeunes hommes près d'un Escalier monumental à l'entrée d'un jardin. — T. H. 0^m 78 ; L. 0^m 67.

11 — LEFEBVRE (Ad.). — Les Nymphes surprises.

12 — LELEUX (Ad.). — Chienne et ses petits.

13 — MOLS (Robert). — Intérieur de village avec constructions en bois. Étude. B. H. 0^m 20 ; L. 0^m 31.

14 — MOLS (Robert). — Rue de village. Effet de neige. Étude. — B. H. 0^m 21 ; L. 0^m 32.

15 — OMMEGANCK (Attribué à). — Vaches au pâturage.

16 — REGNAULT (Henri). — Tête de renard.

17 — ROZIER (Dominique). — Vase rempli de Pivoines rouges et blanches.

18 — ROZIER (Dominique). — « Sur une Table ». Deux perdrix mortes, un verre et un flacon.

19 — SOULIÉ (Henri). — « La Tentation ». Une jeune femme à laquelle une vieille femme tire les cartes, paraît indécise entre deux vieillards dont l'un lui offre des joyaux et l'autre tient un coffre dont il lui présente la clef.

20 — STEUBEN. — Tête d'enfant. Étude.

21 — VERNET (Horace). — Nègre tenant un Narghilé d'or. Esquisse pour le tableau du Massacre des Mamelucks.

22 — ÉCOLE ESPAGNOLE. — L'Enfant Jésus tenu par la Vierge et adoré par les Anges.

23 — ÉCOLE HOLLANDAISE. — Marine. Effet de nuit.

24 — ÉCOLE HOLLANDAISE. — Cavalier, Valet et Chiens. Étude.

25 — ÉCOLE ITALIENNE. — Saint Jean-Baptiste.

26 — ÉCOLE ITALIENNE — Le Mariage de Sainte Catherine.

27-28 — ÉCOLE MODERNE. — Groupe de Chiens de chasse. Deux pendants.

AQUARELLES ET DESSINS

29-30 — BALLUE (Hipp.). — « Rêves d'Orient ». La Fée Novrhemia et le Nain Brenhour; le Magicien Elin-Ki et le Vizir Malforek. Deux aquarelles gouachées.

31 — BALLUE (Hipp.). — Une Caravane. Dessin.

32 — BALLUE (Hipp.). — Portrait de Mlle Félicie Delau. Danseuse. Aquarelle gouachée (avec dédicace).

33 — BELLANGÉ. — Marchand de Coco et Conscrit. Aquarelle.

34 — BERTHON. — Loin du pays ! Sépia.

35 — BIDA. — Tête d'Algérien. Aquarelle.

36 — BOILLY ? — Vieille femme au rouet. Aquarelle.

37 — BONINGTON. — Port de mer. Aquarelle.

38-39 — BOURGEOIS. — Paysage et marine. Deux aquarelles.

40 — BRAUWER. — Tête d'homme. Sanguine.

41-45 — CAMINO (Charles). — Vues des environs de Villeneuve-Saint-Georges : l'Étang, la Route, le Bois, la Plaine, l'Étang. Cinq aquarelles.

46 — Charlet. — Enfants et vieux Grognard. Aquarelle.

46 *bis* — Charlet. — Officier de la République. Dessin à la plume.

47 — Chéret (J.-L.). — Paysage. Aquarelle.

48 — Ciceri. — Mulhouse ? Aquarelle.

49 — Ciceri. — La Fête du village. Aquarelle.

50 — Ciceri. — Paysage avec cours d'eau. Aquarelle.

51 — Coignet (Jules). — Paysage : « Brume du matin ». Pastel.

52 — Coignet (Jules). — Marine : « La Tempête ». Aquarelle et gouache.

53 — Crapelet. — Le Port et les Forts de Marseille. Aquarelle.

54 — Crapelet. — Environs de Naples. Cumes. Aquarelle.

55 — Crapelet. — Un port de mer : Effet de nuit. Aquarelle.

56 — Crapelet. — Beaucaire ? Aquarelle.

57 — Crapelet. — Le Fort de Beaucaire. Aquarelle.

58-59 — Crapelet. — Vues de villes. Deux aquarelles.

60 — Crépin (L.-P.). — Tombeau de Cecilia Metella (Rome). Aquarelle.

61 — Crépin (L.-P.). — Cirque de Caracalla (Rome). Aquarelle.

62 — Dairaix. — Tête d'homme. Dessin à la plume.

63 — Daubigny. — Le Moulin de la Galette. Dessin à la plume.

64 — Daubigny. — Paysage : « Les Moulins à vent ». Aquarelle.

65 — DE DREUX (Alfred). — Deux Jockeys à cheval. Aquarelle.

66 — DE DREUX DORCY. — La Confidence. Aquarelle.

67 — DEVÉRIA (Achille). — Paysage : « Le Passage du Bac ».
Aquarelle.

68 — DEVÉRIA (Eug.). — Marguerite de Bourgogne et un che-
valier. Aquarelle.

69 — DUPRÉ (Jules). — Paysage avec fontaine. Aquarelle.

70 — DUPRÉ (Jules). — Paysage, Cours d'eau et Village dans
le lointain. Aquarelle.

71 — DUPRÉ (Jules) ? — Paysage avec animaux. Aquarelle.

72 — ECKOUTH. — Andalouse jouant de la guitare. Aquarelle.

73 à 78 — ÉCOLE FRANÇAISE. — Six pièces. Aquarelles, goua-
ches, dessins et miniatures.

79 — ÉCOLE MODERNE. — La Porte Bab-Azoun à Alger. Aquarelle.

80 — ÉCOLE MODERNE. — Le Bourg de Caldas - Mombourg
(Espagne). Aquarelle.

81 — ÉCOLE MODERNE. — L'Ermitage de San-Miguel-du-Fray
(Espagne). Aquarelle.

82-83 — FEUCHÈRES. — Amour jouant avec des fauves. Sanguine. Deux pendants.

84 — FINART. — Louis XIV et sa suite. Aquarelle.

85 — GAVARNI (Attribué à). — « Collé ». C'est-à-dire que voilà
le 5ᵉ de Hussards aux places à quatre sous.

86 — FRANTZ. — Marine : « Plage ». Aquarelle.

87 — FYLLION. — Le Château de Pierrefonds avant sa restauration. Aquarelle.

88 — GAEREMYN (J.). — Paysage avec figures et animaux. Crayon.

89 — GARMERAY. — La Lecture de la lettre. Aquarelle.

90 — GENGEMBRE. — Fantasia arabe. Huile.

91 — GENGEMBRE. — Fantasia arabe. Dessin.

92 — GÉRARD (F.)? — Religieuse en prières. Gouache.

93 — GÉRARD (Genre de). — Portrait de Mme Récamier. Plume et encre de Chine.

94 — GIROUX (Achille). — Amazone. Aquarelle.

94bis — GRANDVILLE. — Cocher de corbillard. Plume et sépia.

95 — ISABEY père. — Temple grec. Aquarelle.

96 — ISABEY (Eugène). — Vue d'un Village breton avec échappée sur la mer. Aquarelle.

97 — JACQUAND. — La Distribution d'aumônes. Aquarelle.

98 — JACQUE (F.). — Enclos sur la colline. Dessin.

99 — JACQUE (F.). — Le Bain. Dessin.

100 — JACQUE (F.). — Animaux à l'abreuvoir. Dessin.

101 — JACQUE (F.) — Étude de jeune homme. Sanguine.

102-103 — JAIME (Fr.). — Le Château, le Moulin. Deux paysages. Aquarelles.

104 — JOLIMONT. — Vue de ville avec cours d'eau. Aquarelle.

105 — JONGKIND. — Port de mer avec quais. Aquarelle.

106 — KAUTMANN (d'après VAN DE VELDE). — L'Aveugle. Aquarelle.

107 — LALAISSE. — Charge de Cavalerie. Dessin aux deux crayons.

108 — LANOUE. — La Salle du cardinal d'Aubusson, grand maitre de Malte. au château de Lindos (Ile de Rhodes). Aquarelle.

109 — LANTARA. — Sous Bois. Dessin.

110 — LANTARA. — Sous Bois. Dessin.

111 — LANTARA. — Paysage avec pont. Dessin.

112 — LEBAS (Hipp.). — Marine : « Plage ». Aquarelle.

113 — LEGRAND (A.). — Deux jeunes femmes lisant une lettre. Aquarelle.

114 — LEHMANN (Henry). — Mlle Delphine Fix. de la Comédie-Française. Aquarelle.

115 — LEPIC. — Les Voûtes de garage de pêcheurs, quai de Naples. Aquarelle.

116 — LEPIC. — La Ville et le Port de Naples. Aquarelle.

117 — LEPIC. — Une Ancienne Maison à Dunkerque. Aquarelle.

118 — LE POITTEVIN (Eug.). — Rochers et Port. Peinture à l'huile.

119 — MARILHAT. — Vue d'une partie de la porte de l'Alhambra, à Grenade (Espagne). Aquarelle et pastel.

120 — MONFORT (A.-A.). — Avant le Duel. Aquarelle.

121 — MONNIER (Henry). — Un Éleveur. Aquarelle.

123 — PALIZZI. — Chevaux en plaine. Aquarelle.

124 — PASINI ? — Ville d'Orient. Aquarelle.

125 — PASTELOT. — Ferme en Normandie. Aquarelle.

126 — PETIT (J.-L.). — Paysage : « Effet d'orage ». Aquarelle.

127 — PETIT (J.-L.). — Paysage. Aquarelle.

128 — PETIT (Jules). — Sous Bois avec deux cavaliers. Aquarelle.

129 — PIGAL. — Serrurier et Concierge en conversation. Aquarelle.

130 — PINELLI. — La Main chaude. Aquarelle.

131 — ROBECCHI. — Vue d'un village : « Effet d'orage ». Aquarelle gouachée.

132 — ROBERT (Hubert) ? — La Grotte du Pausilippe. Aquarelle.

133 — ROBERT (Hubert) ? — Intérieur d'amphithéâtre romain à Catane. Aquarelle.

134 — ROBERT (Hubert) ? — Ruines du temple de Jupiter olympien et la Porte Auréa à Girgente. Aquarelle.

135 — ROBERT (Hubert) ? — L'Aqueduc et l'Amphithéâtre de Syracuse. Aquarelle.

136 — ROBERT (Hubert)? — La Ville de Palerme. Vue prise à bord du « Spagnolone ». Aquarelle.

137 — ROBERT (Hubert)? — Le Phare et la Citadelle de Messine. Aquarelle.

138 — ROSSERT (Paul). — Jeune Écolière. Aquarelle.

139 — SAINT-AUBIN. — La Bonne Nourrice. Aquarelle.

140 — SARTO (André del). — Phidias invoquant les Dieux. Sanguine.

141 — SOUTIF (P.-L.). — Une ferme. Aquarelle.

142 — THÉOLON (E.). — L'Arc de Triomphe de Germanicus (autrefois sur le pont de la Charente, à Saintes). Sépia.

143 — THIENON (L.). — Le Cimetière des Israélites et les Murs de Tanger. Aquarelle.

144 — WIESENER. — Rivière bordée d'arbres. Mine de plomb.

145 — WOLMAR. — Le Relai de la diligence. Aquarelle.

146 — Sous ce numéro seront vendus 29 aquarelles et dessins, par divers artistes, anciens et modernes (sera divisé).

GRAVURES — LITHOGRAPHIES

147 — BOUCHER. — Le chariot ; un Faune. Gravure et sanguine. Deux pièces.

148 — HIRSCH. — L'Attente. Eau-forte.

149 — HUET (J.-B.). Paysage et animaux. Gravure.

150 — D'après RAPHAEL. — Bataille de Constantin. Épreuve ancienne.

151 — Deux pièces en couleur : Cour de ferme : Effets de neige, d'après VAN LOO et BOILLY.

152 — Dessins, études, gravures et photographies en porte-feuilles.

Paris, Impr. Éd. Duruy, 22, rue Dussoubs.

* 9 7 8 2 3 2 9 4 0 4 9 7 4 *